세
상
그
리
기

세상 그리기

© 2022 김석주

초판인쇄 | 2022년 12월 24일
초판발행 | 2022년 12월 28일

지 은 이 | 김석주
펴 낸 이 | 배재경
펴 낸 곳 | 도서출판 작가마을
등   록 | 제 2002-000012호
주   소 | 부산광역시 중구 대청로 141번길 15-1 대륙빌딩 301호
　　　　　 T. 051)248-4145, 2598　F. 051)248-0723
　　　　　 E. seepoet@hanmail.net

ISBN 979-11-5606-212-7　03810　정가 10,000원

※본 시집은 한국예술복지재단의 디딤돌 창작기금 지원을 받았습니다.

세 상 그 리 기

김 석 주 시 집

도서출판
작가마을

보이는 대로

열심히 그렸습니다.

더 아름답고 더 행복한

환희의 세상을

가감 없이

그려 보았습니다.

평화의 세상

지지 않는 꽃이 되고

별이 되는 세상으로

나아가는 길을

2022. 늦은 가을

김석주

차례

2부

세
월
의

소
리

차례

3부

사랑이란 이름으로

차례

제1부

봄이 오고 봄이 가고

새봄이 오시던 날

자박자박
님인 듯 기다렸던 단비가 오고
동장군이 후다닥
북망北邙으로 쫓겨나고
풀꽃들의 노랫소리
천지에 가득하고

남풍에 두둥실
새 세상이 밝아오고
우리 저 사랑의 흔적 위에
환희의 꽃 피어나고
어디선가 두둥 두둥
신바람이 불어오고

남촌에 대한 소고小考

남촌이었다
그곳에서 태어나 그곳에서 커고
그곳에서 사랑을 배우고
그곳에서 꿈을 꾸며 철이 들고
그곳에서 세상 보는 눈이 생겨났으며
그곳에서 새로운 삶의 길을 찾고
그곳에서 실망의 푯대를 보면서
무엇인가를 잃고, 얻는다는 것에 대한 진실과
거두고 나누는 것의 신비로움과
부자와 가난, 승리와 패배의 온전한 실체와
착각하며 산다는 것에 대한 흔적을 찾고
쓸쓸하다는 것의 참 의미와
더불어 오순도순 살다 보면
내가 사는 곳이 곧 불사의 꽃을 피워낼 수 있는
남촌이 될 수 있다는 걸
타향살이 반백 년의 세월을 훌쩍 흘려보내고
호호백발이 되고서야 깨닫고 전함이니…….

이른 봄 어느 날의 일기

이른 봄 어느 날의 산책길이었다
동해남부선의 폐선 구간인 해운대의 미포
그 짧은 굴다리 근처의 낡은 의자에 걸터앉아
노을에 젖고 있는 저 화려한 동백섬과 광안대교
그림 같은 오륙도와 그 너머의 지평선을
멍하니 바라보고 있을 때였다
갑자기 말간 콧물이 줄줄 흘러내리는 것이었고
재채기가 또 계속해서 터져 나와
꽃샘바람에 행여 고뿔이라도 들까 싶어
서둘러 집으로 돌아오는 길이었다
잘 가꾸어진 산책 길가였고 노란 민들레와
더불어 피어나고 있는 이름 모를 풀꽃들을
감동의 가슴으로 한참이나 살펴보고 있었던 것인데
이 차고 매서운 꽃샘바람 속에서도
고운 향기와 자태를 마음껏 뽐내고 있는 이 땅의 풀들
아, 너무 정말 당당한 우리 저 풀꽃들의 화려한 부활
그 환희 넘치는 놀라운 모습이었던 것이다

울 밑의 봉선화와 첫날밤

울 밑에 선 봉선화란 노래 곡에다
'첫날밤에'라 가사를 계속해서 바꿔 부르는
노래 한 곡을 뽑을 때였다
처음엔 귀담아 들어주는가 싶더니만
하나둘 웃느라고 정신이 없었던 것이고
끝날 때는 또 '그냥 잤다'라고 했더니
"여기저기서 앵 코―올"이란 고성과 함께
"그래도 안 쫓겨났냐"며 놀려대어
한바탕 웃음바다가 되었던
부부동반, 야유회에서의 한순간이었으니
이렇듯 우린 아직도 '울 밑에 선 봉선화'란 노래를
가슴 아주 깊은 곳에다 묻어 두고 사는 것인데
그때 우리 선조들이 당하였던 나라 잃은 서러움들
너무 정말 참기 힘든 굴욕과
너무나도 지독했던 아픔을 결코 잊을 수가 없어
가끔씩은 이렇게 울 밑에 선 봉선화 그 노래 부르면서
속다짐을 해 두는 것이다

봄 어느 날의 하루

사람 온기가 아직도 진하게 남아 있는
등산로의 중턱이었고, 빈집이었다
여기저기 노란 유채꽃이 피어 있는 뜰 앞마당엔
쌍쌍의 나비들이 이 꽃 저 꽃
정신없이 쏘다니며 유희하며 뛰놀았고
누군가가 불쑥 안방에서 뛰어나와
반가운 인사라도 건네올 것 같은 낯익은 빈집
이곳에도 분명 새로운 봄이 익어가고 있었으며
북적이며 살았을 한때의 세월
그때 우리 그 까마득한 추억들을 들춰내자
철없이 뛰놀았던 코흘리개들이 쏟아져 나오는 것이었고
엄마 찾는 송아지의 애절한 울음소리
그 그리운 소리에 놀라 눈을 번쩍 뜨고 보니
산행에서 일탈을 하여 홀로 막걸리를 마시면서
우리들의 그 지난 추억들을 더듬으며
님들의 안녕을 위해 합장을 하고 있었던 것이다
등산로의 중턱, 그 허름한 빈집 툇마루에 앉아……

세월

아쉬워할 일이 아닌 것이다
세월이 팍팍 흘러가고
바람처럼 우리 사라져야 한다는 것
결코 서글픈 일이 아닌 것이다

아, 세월이 가고
아파하고 분노했던 그 모든 순간들과
시련의 온갖 사연 모두 다 흘러가고
지난날의 그 숨길 수 없는 흔적 따라
스스로 찾아 들어야 하는 양 떼와 염소 떼와 같은
또 하나의 세상이 펼쳐져 있다는 것
아, 이 얼마나 복되고 자애로운 일인가
세월이 슬렁슬렁 흘러가고
우리들이 맞게 될 또 하나의 세상
환희와 불의 나라가 그곳에 있다는 것이

서러워할 일이 아닌 것이다
세월이 콸콸 흘러가고

아주 저 멀리멀리 떠나야 한다는 것
결코 절망할 일이 아닌 것이다

다시 피운 꽃 한 송이 – 2019 12 30

기어이 꽃 한 송이를 피워 냈던 것이다

원색 그 곱고도 눈부시고

향기 아주 보배로운 꽃 한 송이를

내 이 뜨거운 가슴으로 피워 냈음이니

한 해가 또 저물어가던 세한歲寒의 점심나절이었다

주저하고, 주저하던 손길이

그 육중한 전화기를 다시 펴들었던 것이고

오해의 골이 서로 깊어질 뻔했던 그이에게

가슴 아주 깊은 곳에서의 사랑, 그를 바탕으로 한

화해의 언어를 조심스레 전하였던 것이고

고맙다며 기뻐하는 그의 환한 얼굴이 그려지는 순간

아주 참 소중하고 눈부신 꽃 한 송이가

내 이 가슴 안에 활짝 피어나고 있었으니

지지 않는 사랑의 꽃이었고

거룩하고 환희 넘치는 화해의 놀라운 꽃님이라

다시 한 번 스스로 감동을 먹으면서

우리 저 하늘 우러러 오래 또 합장을 하였던 것이다

추억 속의 건망증

아내와 함께 돼지국밥으로 외식을 하고
영화관에서의 '찬실이는 복도 많다'
영화가 막 시작될 때쯤이었다
아내가 벌떡 일어서더니만
가스 불을 끄지 않고 온 것 같다면서 사색이 되어
하는 수 없이 오랜만에 타는 택시
택시 안에서도 "불이 났으면 우짜겠노"하면서
"빨리 좀 가 주이소"
여삼추와 같은 시간이 흘러 집에 도착해 보니
가스 불은 아주 얌전히 꺼져 있었던 것이고
미안해서인지 '찬실이는 복도 많다'는 영화
"그거 다 보고 오지 뭐 할라고 따라 왔는데"
혼자 괜히 짜증 내는 아내를 보며 허 허 허
결코 미워할 수 없는 우리들의 황혼
거금의 택시비가 아까웠지만
그래서 또 오랜만에 아내를 꼭 보듬고서 한바탕
웃을 수 있었음이니……

봄 어느 날 – 체육공원에서의 동창회

풀들이 너울대던 평화로운 들판이었다
넘치는 풀꽃들의 함박 웃음소리와 더불어
새로운 정이 피어나기 시작하던 강변의 풀밭
세상이 온통 은혜의 바다로 변해 가던
봄 어느 날의 풀 향기 가득한 들판이었고
덩실덩실 춤추고 노래하는 싱그러운 풀들과 함께
나도 참 행복한 풀 하나가 되어
저 풀들과 더불어 너울너울
세상이 온통 축복의 바다가 되어 가던 강변의 풀밭이었고
함께했던 동무들 모두가 10년은 더 젊어졌다면서
때묻지 않은 풀 하나가 되어 간다는 것의 의미가
너무 정말 새로웠고 고마웠다며
그 따스한 정담 서로 오갔던 봄 어느 날의 하루였고
앞으로도 쭈~욱 이 풀 하나처럼
우리 더불어 옹기종기 살아가자면서
어깨춤을 함께 들썩이었던 강변의 풀밭
어디선가 둥둥 신바람이 불어오고 있었던 것이다

군자란의 산고

하루 이틀 그리고 또 하루
산고의 아주 긴 세월이었다, 난산
3월 초에 시작된 우리 집 군자란의 꽃 피우기
초산이라 그런지 주황색의 꽃잎이 보이고부터
여러 날이 지났어도 꽃대를 쏙 빼 올리지 못하고
가쁜 숨소리만 헐떡이고 있던
우리 집 군자란의 아주 힘겨운 산고
인간사의 높고 험한 됨됨이의 길을 일러주려는 듯
군자의 향 짙은 꽃 한 송이를 피워내는 일이 결코
간단치 아니하였던 군자란의 꽃 피우기
그 낑낑대며 힘겨워하는 산고를 유심히 바라보며
세상일, 쉽게 이뤄지는 것이 없다는 걸 깨닫느니
봄처녀께 동장군이 후다닥 쫓겨나던
이른 봄 어느 날이었고, 기어이
화려한 꽃 한 송이를 피워낸 저 군자란을 보면서
내 살아온 날들을 새로 다시 되짚어 보는 것이고
남은 여정을 다독여 보는 것이다

지난봄 어느 날의 추억

지난봄 어느 날의 산책길이었다

길가의 새하얀 민들레

참 보기 드문 토종 민들레 한 송이와

이 차고 매서운 꽃샘바람 속에서도

옹기종기 더불어 피어나고 있는

풀꽃들의 군무, 그 부활의 환희에 찬 모습을

감동의 가슴으로 멍하니 바라보고 있었던 것이고

오래도록 그때의 순간을 떠올리며

무엇 땜에 그토록 넋을 놓고 바라보았을까를

곰곰이 생각해 보았던 것인데

오늘 우리 이 풍진 세상을 맞고 누리고서야

그에 대한 답을 찾고 합장해보는 것이다

아, 너무 정말 놀랍고도 눈물겨운

우리 이 땅의 의義롭고 끈질긴 자생의 역사를

그 길섶의 풀꽃들이 노래해 줌이니…….

열대야의 새벽 행운

삼복더위였고, 열대야의 꼭두새벽이었다
선잠에서 깨어나 화장실을 찾았더니
산사처럼 늘 조용했던 우리 집 화장실
그 열려 있는 창밖 놀이터에서였다
그때 우리 오래 전의 창극, 그 우렁찬 목소리와 같은
새떼들의 노랫소리가 들려왔던 것이고
아이들의 합창, 그 천상의 화음 같았는가 하면
동학혁명군이었던 죽창을 든 우리 농부들의 삶
그 아주 애절하고 절절한 진격의 소리 같은
새떼들의 아주 우렁차고 간드러진 노래
놀라운 새들의 노랫소리에 감동을 먹으면서
나도 그렇지 저 의義로운 이들과 함께 어울린다면
나 또한 참 보람 있는 삶을 살아낼 수도 있겠다는
뚱딴지 같은 생각을 하게 했던 열대야의 이른 새벽
창밖 새떼들의 감미로운 노랫소리였고
간밤의 그 지독했던 무더위 덕분이었으며
잠들지 못한 꼭두새벽의 행운이었던 것이다

춤

다시 또 흥얼흥얼 콧노래를 부르며
어깨춤을 들썩이고 있었던 것이다
홀엄마를 애타게 기다렸던 유년의 추억처럼
오늘 드디어 철부지의 아내가
머나먼 타국에 사는 막내에게 갔다 와서는 또
자기 형제들과의 여름휴가를 즐기고는
보름 만에 아내가 집으로 돌아오고 있다는 문자에
나는 또 귀한 손님이라도 맞이하는 것처럼
웃음 가득한 아내의 그 환한 얼굴을 떠올리며
혼자서 괜히 어슬렁어슬렁
알 수 없는 춤을 또 추고 있었던 것인데
부모님 돌아가시고, 형제들 모두 떠나가 버리고
고아가 되어 버린 고희 훌쩍 지난 나이
나는 또, 다시 아이가 된 것처럼
그 누군가를 애타게 기다리는 그리움에
가끔씩 이렇게 혼자서 슬렁슬렁 춤을 추곤 하는 것이다
하늘로 오르는 저 물안개처럼
금의환향錦衣還鄉의 화려한 꽃길을 더듬으며 덩실덩실…….

능소화와 치자꽃과 막걸리의 추억

8월의 볕 아직 따가웠던 저녁나절이었다
막걸리 갖고 갈 테니 기다리라는 문자를 넣고
무작정 찾아갔던 친구네의 집
이미 마당에다 술상을 차려 놓고 기다리고 있던 친구와
뒤따라 온 다른 친구가 또 막걸리와 함께
어디서 구했는지 새하얀 치자꽃을 갖고 왔던 것이고
치자꽃을 띄운 그야말로 향이 끝내주던 막걸리를
귀태 나는 담장의 그 능소화를 바라보며
잘 익은 김치 안주와 더불어 금방 다 마셔 버리자
친구가 또 거실 냉장고에서 맑은술을 꺼내오며 덩실덩실
'연분홍 치마가 봄바람에'란 노래를 불러
순식간에 잔칫집이 되어 버렸던 친구네의 집
아, 그때 그 그리운 순간들을 다시 떠올리며
쏜살같이 지나가 버린 야속한 세월
다시는 만날 수 없는 그 친구들과의 추억을 더듬으며
오늘은 또 혼자서 훌쩍훌쩍
막걸리를 마시는 것이다 '봄날은 간다'를 읊조리며……

아침을 먹다가 – 민주주의에 대하여

아침을 먹다 또 얼굴을 붉히고 말았던 것이다

구수한 된장찌개 냄새가 좋아

한 숟갈 떠먹어 보았더니만 어찌나 맵고 싱거운지

내 입맛과는 영 딴판인 것이 원인이었다

내가 좋아하지 않는 땡초를 잔뜩 넣었는가 하면

짭짤한 것을 좋아하는 내 입맛보다

심심한 것, 아이들과 자기 입맛에 맞춘 것이 원인이었고

이런 일이 한두 번이 아니어서, 어찌할까

뭔 일이라도 낼까 말까 어찌할까 하다가

그때 우리 어머니께서 끓여 주시던 된장찌개

그 짭짤하고 구수한 된장찌개 맛을 포기하고 살든지

아니면 내가 직접 끓여 볼까 말까 하다가

그랬다, 집안의 평화를 위해 내가 결국

가족들의 입맛에 맞춰 가기로 결정을 하였더니만

집안이 금방 평화로 가득해지는 것이었고

민주주의란 이렇게 하는 것이로구나

또 하나의 진리를 아침밥을 먹다 깨달았던 것이라

이를 꼭 저 여의도의 우리 일꾼들에게 알려주고 싶었다는 것

이다

하늘의 소리 7

절망하지 마라
어떤 경우에도 포기하지 말고
삶의 의지를 꺾어 버리지 마라
내가 다 보고 있으니
두려워하거나 슬퍼하지 말고
절대로 부러워하지 마라
내가 모두 기억하고 있으니
서두르지 말고
모든 일에 최선을 다하면서
절대로 으스대지 말고 뽐내지 마라
내가 모두 살펴보고 있으니
제발 못난 짓들 하지 말고
너무 애태우며 시새우지 마라
내가 모두 보고 듣고 기억하고 있으니…….

욕심

고희古稀가 지났어도
알콩달콩
신명나게 살고 싶고
사는 일 당당하고
미소 늘 변함없는
그런 이
손 꼭 잡고서
의롭게 살고 싶다

백발이 성성해도
오순도순
재미나게 살고 싶고
오가는 인정으로
삶의 보람 서로 찾는
하나 된
이 땅 위에서
옹기종기 살고 싶다

제2부

세월의 소리

창공을 보며

뚜벅뚜벅 다시 저 나무 우거진 숲속이나 또
찾아가 봐야겠다
사철나무 서 있고, 풀꽃 핀 산속을 다시 찾아
졸졸대던 그 간드러진 계곡 물소리와 더불어
귀여운 산새들과 함께
우리들의 이 애달픈 사랑 노래라도 목청껏 불러보며
세상 시름 모든 것들을 잊고서
너울너울 춤이라도 한 번 신명나게 추어 보며
그때 우리 추억 속의 소꿉놀이처럼
때묻지 않은 순수의 정 서로 주고받으면서
변치 않은 우리들의 해맑은 소망들을
저 푸르른 창공에다 마음껏 펼쳐 보며
깨어지고 있는 우리 이 땅의 평화를 위해
미친 듯 고함이라도 한 번 쳐보고 싶다는 것이다
무엇인가가 한없이 아쉬운 세상
그 누군가가 너무 정말 그립고 그리운 날엔…….

늦은 가을 어느 날의 일기

늦은 가을 어느 날이었다
님이 보내주신 풍성한 선물 다발에는
이 들꽃들의 노래를 잘 들어 보라는
하트 모양의 메모지가 매달려 있었던 것이고
그로부터 나는 아주 열심히 열심히
우리 이 풀꽃들의 비나리에 귀를 기울이며
가끔씩은 나도 몰래 덩실덩실
살풀이의 춤을 따라 추기도 하였는가 하면
어떨 때는 또 소리 없이 흐느낄 때도 있었던 것이고
또 어떨 때는 풀꽃들의 다정한 노랫소리 들으면서
흥얼흥얼 콧노래를 따라 불렀던
가을 아주 저물어 가던 어느 날이었다
몰라보게 달라지고 있는 나 자신을 발견하게 된 것인데
매사에 무기력했던 내가 글쎄
다시 삶의 활기를 되찾으며 사랑을 읊고 있다는 사실과
항상 감사하는 마음으로 살아가고 있다는 것이다
바람 점점 차가워지는 이 들판의 풀밭
겨울로 향해 내달리고 있는 늦은 가을 어느 날이었다

극복의 힘

넘어야 한다
높고도 가파르고 멀고 험한 인생 고개
고개 이 또 한고비 넘고 또 넘다 보면
이 또한 정겨워지느니 높고 험한 인생 고개
고개 이 또 한 고개 넘고 또 넘다 보면
콧노래가 흘러나올 때도 가끔씩은 있음이니
우리 인생의 아주 신비로운 극복의 힘이요
환희의 서곡이니 금의환향
복된 길은 그렇게 다독여지는 것이니
높고 험한 인생 고개
넘고 또 이 한고비 넘고 또 넘다 보면
새로운 삶의 터를 만나게 되느니
최후의 승리자가 되게 함이요
사랑과 평화 넘치는 의로운 생명의 땅
불사不死의 새로운 세상을 만나게 되느니
그런 당당한 사람이 되어 소망 다 이루게 되느니
고개 이 높고도 막막한 인생 고개
이 고개 또 한고비 넘고 또 넘다 보면…….

바닷가에 앉아

바람 아주 차가워진 초겨울의 해질녘이었다
해운대의 미포, 저 하늘과 하나된 눈부신 바다
꽃구름이 너울너울 피었다 지고 피고
다정한 별들의 노랫소리 가득하고
끼룩이며 가고 오는 창공의 철새들과
어깨춤 들썩이며 흥얼대는 파도 속의 달님
참 감동적인 풍경을 멍하니 바라보고 있었던
초겨울의 바람 차고 매서운 해질녘의 미포
그 화려한 바닷가에 앉아
내 이 가슴안의 응어리들을 왈칵왈칵 쏟아내 버리면서
사필귀정事必歸正이라는 아주 엄중한 언어와 인과응보
이 놀랍고도 매혹적인 의미를 새로 다시 깨달으며
아, 너무 정말 잔혹했던
그때 그 광란의 행위들을 속죄하지 않고
요리조리 숨기고 속이면서 우기기만 하는 후안무치
너무 정말 지독한 저 왜인倭人들을 떠올려 보는 것이다
인문학의 소양이 없는 저기 저 가련한 인간들을…….

남아 있는 것들

얼마나 될까, 내게 남아 있는 자투리의 시간과
받고 누리었던 과분한 사랑의 분량과
내가 베푼 그 투박했던 정의 부피며 무게와
다시 내가 도전할 수 있는 세상 속의 일들이며
성취할 수 있는 그 보람과 기쁨의 시간은 또
얼마나 되고
그때 우리 함께 일어났던 출정의 흔적들과
남몰래 흘린 그 진한 땀방울의 물량과
참고 견뎌야 했던 백색의 분노며 아픔의 가치는 또
얼마만큼이나 되고
파도처럼 밀려왔던 그 절망의 순간들을 함께 참아내며
흩뿌렸던 피눈물의 농도며 한숨의 무게
그 진국의 값어치는 또 얼마나 되며
불의를 보고도 단호히 일어서지 못하였던
내 그 부끄러운 흔적들을 깨끗이 씻어낼 수 있는
남아 있는 회개의 시간은 또
얼마나 되는 것인지 여쭤볼 곳이 없어 이리 늘
우리 저 하늘의 소리에 귀 기울이며 살아가고 있음이니…….

세월의 위력

겨울, 이 차고 매서운 계절은
지난가을의 그 금빛 풍요가 불러들인 것이고
망나니와 같은 이 동장군은 또
저기 저 가녀린 봄처녀께 쫓겨날 신세가 될 것이니
세월의 위력이란 것이다
슬픔의 날들, 한 치 앞도 내다볼 수 없었던
그 쓰리고 아픈 어둠의 날도 가고
그때 그 화려했던 꽃들 다 지고 말았다는 사실이
늘 깨어 있어야 함을 증명해줌이니
어떤 유혹에도 흔들리지 않는 뜨거운 가슴과
새로운 삶의 길을 과감히 받아들일 수 있는
혁명의 사고를 지녀야 함이라
이게 곧 우리 저 하늘의 뜻을 헤아리며 사는 길이니
결코 절망하지 않으며 포기하지 않고서
다시 벌떡 일어서려 하는 끈질긴 삶의 자태
이것들이 우리 인생의 바탕이 되어야 한다는 걸
여기 이 변함없이 가고 오는 계절이 말해줌이니
세월의 위력이란 것이다

사랑의 극점

쉽게 와 닿지 않는 영역인 것이다, 사랑
우리들이 깨닫고 판단할 수 있는 능력의 한계
이를테면 꽃이고 바람이고 구름 따위와
눈물겨운 우리 그 지난날의
아쉽고도 애달팠던 이별의 순간
아무렇지 않은 듯 영영 떠나보내야 했던
그때 우리 그 가난했던 청춘의 시절
그 뜨거웠던 열정 속의 아쉬움들
몇 날 밤을 손만 잡고 자자 했던 그 피끓는 용기는 또
어떻게 이해되어질 것이며
자존심을 많이 상하게 한 것은 아니었는지
인내의 꼭지점 같은 우리들이 남긴 언어와 몸짓
그 쉽게 이해되지 않을 순간들이 곧
우리 사랑의 극점 같은 것은 아니었는지
스스로를 다독이며 위로해 보는 것이다
반짝이는 우리 그 순수의 흔적들을 되 짚어 보면서…….

불장난

칼바람이 아주 매섭게 몰아치던
세한歲寒의 참 적막한 꼭두새벽이었다
머리맡의 촛불을 켜고서 그의 그 사랑의 시집을 펴자
새로운 세상이 눈부시게 펼쳐지는 것이고
감동으로 가슴이 아주 뜨거워지면서
꿈이려니 했던 환희, 그 새로운 땅과의 해후
그를 위해 스스로의 몸뚱이를 아낌없이 불태웠던
그때 우리 위대한 님들이 떠올랐던 것이고
님들이 흘린 그 피눈물과 같은 촛농
그 고귀한 촛농을 조심조심 뜯어 내어서는
타는 저 촛불 속으로 다시 집어넣어 주면서 중얼중얼
그대 이 촛농과 같은 변방의 벗들이여
여기 이 어둠과 싸워 이기는 불꽃이 되어야 하느니
그런 짜릿한 최후의 승리, 그 영광의 길로 나아가야 하느니
그대
다시 활활 타오르는 황혼이 되어야 하느니 벗들이여 하며
님의 그 사랑과 평화의 시편들을 소리내어 읊고 있었던
세한의 바람 아주 차고 매서웠던 꼭두새벽이었고

두꺼운 이불을 뒤집어쓰고 앉아

식어가는 촛농을 뜯어 타는 불꽃 속으로 집어넣어 주는

의로운 불장난을 계속 하였던 것이다

저 무지막지한 어둠의 무리와 맞서 싸우며

스스로의 몸뚱이를 불태우고 있는 가녀린 촛불을 응시하면

서……

시를 쓴다는 것은

시를 쓴다는 것은, 열매 매다는 일이다
아침 이슬처럼 영롱한 시, 그 짧은 글에다
저 하늘의 우렁찬 함성을 담아 전하고
새벽 별들의 해맑고 싱그러운 노랫소리를 엮어
타는 가슴, 그 서러운 심사들을 달래줄 수 있는 시
그들의 그 지친 삶에 새 희망의 싹을 틔워 주며
터질 듯한 분노들을 잠재울 수 있는
젖과 꿀이 흐르는 생명의 시를 쓴다는 것은
다시 저 처진 가슴의 기氣를 일으키어
절망의 꼬리를 끊고 새로운 희망을 스스로 찾게 하는
싱그러운 사랑의 열매를 매다는 일이니
시를 쓴다는 것은, 상상만 하여도 힘이 불끈 솟아나는
참 생명수와 같은 열매들을
짧은 글 속에 주렁주렁 매달아 그들의 삶을 풍성하게 하고
최후의 승리자가 되게 하는 길잡이가 되는 일이니
그런 환희의 시 한 편을 쓰기 위해서는
새벽 저 별들의 속삭임을 귀담아 들을 수 있어야 하느니
금의환향, 새로운 삶의 길을 열어주는 시다운 시
바람처럼 위대한 새 생명의 시詩 한 편을 쓴다는 것은……

꿈 이야기

너무 정말 다행스런 일이었다, 돼지꿈
간밤의 그 신기한 꿈 얘기를 해주었더니만
어리석은 아내가 또 무리하게 복권을 사자 했던
지난주의 로또복권 이야기다
당첨이 되지 않은 것이 얼마나
얼마나 다행스런 일인지 모를 일이었다
1등이 꼭 될 것이라는 아내의 말을 믿고
혼자서 또 이런저런 일들을 생각해 보았던 것인데
골치 아픈 일들이 한두 가지가 아니었던 것이다
어디에다 땅을 사고
어느 목 좋은 곳에 건물을 지어, 어떻게 이용을 하고
세금 문제와 사람 관리 등등은 또 어떻게 하고…….
생각만 하여도 골치 아픈 일들이 한두 가지가 아닌
그 돼지꿈이 개꿈이 되었다는 사실이
얼마나, 얼마나 고마운 일인지 모를 일이었다
다시 또 태평성대의 일상을 되찾고
두 다리 쭈-욱 펴고서 잠잘 수 있게 된 것이…….

가슴앓이 – 친구를 멀리 떠나보내고

불꽃처럼 활활 타올랐던 것이다
그리움으로 하여 짠해진 가슴
돌아오지 못할 것들이 남기고 간
추억 속의 허망
이 주체하지 못할 그리움에 그만
밤늦도록 혼술을 퍼마시며 중얼중얼
바보처럼 멍하니 저 하늘만 쳐다보았던
밤 아주 깊은 시간

들불처럼 활활 타올랐던 것이다
못다 한 사랑
떠나고 싶지 않은 것들이 흩어놓고 간
때늦은 뉘우침과 회한의 눈물
그들의 그 흐느끼는 소리 들으면서
어찌하여 일찍들 깨우치지 못한 것인지
애달프고 속상하여 저 하늘만 쳐다보았던
아, 이 주체하지 못할 속 할퀴는 가슴앓이

왕이 또 되어버린 이야기 – 愚王. 어리석을 우

아내 몰래 또 왕이 되어버렸다는 것이다
바보처럼 어리석은 우왕
외손녀가 두고 간 놀이 왕관을 꾹 눌러쓰고서
아주 어색한 셀카를 찍으면서 허허허
혼자서 또 왕이 된 증거를 남겼던 것이고
여봐라! 하며 큰소리를 쳐보기도 하였지만
아무도 들어주는 이가 없었다는 것이
너무 정말 슬프고 비참했던 어리석은 왕
그때처럼 다시 또 멍청하고 어리석은 우왕이 되어 버린
아, 이 바보 같은 삶의 흔적
그들의 그 얄팍한 수작에 다시 걸려들었던 것이고
멍든 애간장을 다시 또 아낌없이 불태우며
스스로를 위로해야 하는 못난이가 되어 버렸지만
당한 놈은 두 다리 쭈―욱 펴고 잔다는 말을 상기하면서
네 이놈들! 그리 살면 아니 되느니 하며
다시 또 여봐라!
창문을 열고서 불벼락을 내리쳐 보는 것이다
우리 저 하늘의 우레와 같은 단호한 목소리로…….

민이 엄마에 대한 추억

부산의 태종대, 그 바닷가의 작은 포구에서 살았다는
청상靑孀의 민이 엄마
늘 소녀처럼 발랄하고 애교 띤 얼굴이어서
어디서나 젊은 사내들의 관심을 많이 받았지만
바람 몹시 심한 날의 그녀를 본 사람들은
하나같이 혀를 내두르며 돌아섰다는 것이고
심한 발작이 원인이었다는 것이다
바람 아주 세차게 불던 초겨울 어느 날이었고
만류하는 아내의 손을 뿌리치고는
기어이 통발 어선을 몰고 출항했었다는 그의 남편
그것이 그 남편의 마지막 모습이었으며
기다리고 기다리다 미쳐 버린 그의 아내는
그때부터 바람 심하게 부는 날이면 자기도 모르게
발광의 현상이 되풀이되었다는 민이 엄마
나는 그와 한 집에 세들어 살게 된 인연으로
막걸리를 종종 함께 마시는 술친구가 되었던 것이고
스스로 감당할 수 없었던 그의 태산 같은 슬픔과 더불어
쉽게 지워지지 않는 나의 아픔들이 어울리면서

서로를 위로해 주는 친구로서의 소중한 관계가 맺어졌으나
살 길이 서로 팍팍하여 멀리 떨어질 수밖에 없었던
그 잊을 수 없는 소중한 벗이고 추억이라
이제도 가끔씩 생각이 나는 민이 엄마
그의 소식이 궁금할 때마다 저 하늘을 바라보는 것이고
좋은 사람 만나, 바람 심하게 부는 날에도 발작하지 않고
아주 잘 살아가기를 빌어 보는 것이다

축복의 서곡

어느 날 갑자기 찾아왔었다는 엄청난 불행
그 안타까운 사연들을 듣고 볼 때마다
가슴 쓰리고 아팠던 추억이 생각난다는 것이다
빚더미에 나앉게 되었다는 인간적인 배신
누군가를 절망의 구렁텅이로 몰아넣는 사건과 사고들
자식을 믿고, 친인척 친구를 믿고 보증을 섰다 그만
패가망신, 그런 얘기가 들릴 때마다
혼자 괜히 가슴 아파할 때가 가끔씩 있다는 것이고
인간사의 아프고 슬픈 추억 때문이다
특히나 인생의 성패를 좌우하는 사이비종교에 빠져
어둠 속을 끝도 없이 헤맨다거나
엉터리에 속아 이성을 잃는 그런 믿음을 보고 있자면
참을 수 없는 분노가 치밀어 오를 때가 종종 있음이니
그런 일로 한 가정이 풍비박산이 되어 허덕이던
내 이웃, 친구들을 많이 봐 왔기 때문이다
오순도순 서로 정 주며 살다 가야 할 우리네의 인생
믿음 없이는 결코 성공할 수 없는 것이 우리들의 삶이라
더더욱 안타까움이 크다는 것이고

바른길을 찾아 뚜벅뚜벅 걷게 하고 걷는다는 것

이것이 바로 축복의 위대한 서곡序曲임을 깨닫는 것이다

신문

새벽이었다, 읽다 말고 후다닥
화장실을 찾아야 할 때가 가끔씩 있다는 것이다
들추어 볼수록 부글부글
남의 속을 확 뒤집어 놓는 신문의 속성
읽다 말고 후다닥 두 손으로 얼굴을
가리고 싶을 때가 가끔씩 있다는 것이다
차마 다 읽을 수 없는 광란의 기사들
치齒가 벌벌 떨리고 구역질이 날 때가 있다는 것이다

해질녘이었다, 읽다 말고 엉엉
소리 내어 울고 싶을 때가 가끔씩 있다는 것이다
하늘이 노할 안타까운 사건과 사고들로
지면 가득 채우고 싶어 하는 신문의 속성
읽다 말고 벌떡 일어나 더덩실 춤추고 싶을 때가
아주 가끔씩은 있다는 것이다
우리들의 위대한 사랑과 평화
저 별꽃처럼 아름답고 눈부신 기사를 가끔씩 대할 때마다

입동 무렵의 산책길

바람 몹시 차가워진 초겨울 어느 날이었다
경치 아주 끝내주던 동해 바닷가의 산책길이었고
낯익은 회백색 들국화 무리가
한들한들 춤추며 반겨주고 있었던 것인데
지난날의 그 모진 풍파에 시달렸어도
간드러진 마음 결코 변치않은 이 땅의 풀꽃
그 당당한 들꽃 무리가 글쎄
이리저리 자유로이 나부끼고 있는 모습이 꼭
내 이 황혼의 세월과 많이도 닮았구나 싶었던
입동 무렵의 해질녘 산책길이었다
때 이른 찬바람 속에서도 들꽃들이 하늘하늘
어울려 함께 덩실덩실 춤추고 있는 모습들을
한참이나 넋을 놓고 멍하니 바라보다 그만
그 꽃향기에 흠뻑 취해 버렸던 것이고
세상 시름 모두 잊고서 콧노래 흥얼거리고 있었던
초겨울 바람 매섭게 몰아치던 해질녘의 산책길이었고
때 이른 붉은 단풍잎들을
천사 같은 소녀들이 다투어 줍고 있었던 것이다

세상 그리기

김석주

제3부

사랑이란 이름으로

초겨울 어느 날의 자화상

무서리 허옇게 내리었던
초겨울 어느 날의 해질녘이었다
황혼이 아주 짙게 깃든
세월이란 이 무심한 강물 위에
날로 더 환희에 젖고 있는
놀라운 낙엽 하나가
더덩실 떠가고 있었다는 것이다
금의환향錦衣還鄉이라는
아주 참 놀랍고도 위대한
깃발 휘날리며…….

말씀의 위력

지금 이 순간에도 내 이 가슴 아주 깊은 곳에
새근새근 살아 있다는 것이다
그때 그 절망할 수밖에 없었던
진퇴양난의 아주 절박한 순간이었고
속삭이듯 내 이 가슴에 와 안기는 놀라운 시어詩語
삶이 그대를 속일지라도 슬퍼하거나 노하지 말라.
두 눈을 번쩍 뜨이게 했던 말씀의 위력
나로 하여금 다시 살아야겠다는
새로운 용기를 불어넣어 주었는가 하면
나를 다시 벌떡 일어서게 해주었던
아, 그 놀라운 시 한 편을 들려 주기 위해
저 머나먼 러시아에서 헐레벌떡 달려와서는
믿으라, 기쁨의 날이 오리니라는 말로
나를 다시 활기찬 삶의 현장으로 이끌어 주었던 푸쉬킨
그의 그 새 생명과 같은 소중한 시 한 구절처럼
누군가의 아픈 가슴을 달래줄 수 있는 사랑의 시
나도 그런 위대한 시 한 편을 쓰고자 하는 열기
그 뜨거운 피 힘차게 돌게 해 주심에 늘 감사하며 사느니
하늘에 계신 우리 아버지의 복된 말씀의 위력인 것이다.

대화의 진국

초겨울, 볕 아주 따사로운 한낮이었다
도시 근교의 아담한 요양병원이었고
호호백발의 두 노인이
긴 나무의자에 걸터앉아 정담을 나누고 있었던 것이다
"야 이 사람아 이제 정말 가야 할 때가 되었나 보네
세월이 참 많이도 흘렀어, 금방이야."
"아니 이 친구야 가기는 어디로 간다는 말인가
죽을 때가 된 게지."
"그냥 저렇게 죽어 버릴 수는 없지 않는가, 돌아가야지."
"도대체 돌아가기는 어디로 돌아간단 말인가."
"아이고 이 사람아 구십 평생을 살면서 이제껏
돌아갈 곳도 마련하지 못했는가, 인생 참 헛살았구먼,
지금부터라도 돌아갈 곳을 장만해야 하네
그것이 지혜라는 것이지."
그랬다, 그 해를 넘기지 못하고 한 분은 금의환향錦衣還鄉
영원한 새 생명의 나라로 돌아가신 것이고
또 한 분은 그냥 그렇게 죽어 버렸다는 것이다
별 하나가 또 그렇게 탄생이 되고……

착각 3 - 세월의 소리

아주 참 쉬울 것이라 가르쳤다
계획한 일들이 막힘없이 잘 풀리어
많은 재물을 단숨에 모았다거나
분에 넘치는 권력을 갑자기 얻어내고 보면
마치 인생, 그 자체를 성공이라도 한 것처럼
날뛰기 쉬운 것이 우리들의 인생이라 가르쳤다
얼마나 좋겠는가, 가정생활에 불만이 없고
하는 일들이 막힘없이 술술 잘 풀리어
갖고 싶고, 먹고 싶은 것들과
되고 싶고, 하고 싶은 것들 모두 다
마음껏 가져 보고 해 보며 살았다고 하여
원願도, 한恨도 없는 복된 인생이라
판단하기 쉬운 것이 우리들의 어리석은 인간이고
님의 저 위대한 사랑 없이도
성공할 수 있다고 착각하기 쉬운 것이
바보 같은 우리들의 인생이라
여기 이 세월이란 스승이 엄중히 가르치고 있는 것이다

세상 그리기

해운대의 미포
이 벗님 같은 바닷가에 나와
노을 속의 저 화려한 동백섬과
너울너울 춤추는 오륙도
반짝이는 파도 위의 황혼과
바다와 하나된 별들의 하늘
그 신비로운 풍경을
가슴에 그려 담고 있었던 것이다
초겨울의 해질녘
저 놀랍도록 아름답고 경이로운
새 세상의 환희에 찬 풍경을……

샛별

들꽃처럼 곱던 누이가 있었지요
해맑고 다정다감했던 일거수일투족
가까이에 살았어도 아주 가끔씩만 볼 수 있었던
미소 늘 따스하고 상냥했던 친척 누이
나는 그의 이름을 샛별이라 남몰래 지어 부르면서
새벽 저 동녘 하늘에다 두둥실 띄워 놓고는
새 나라의 어린이처럼 일찍 자고 일찍 일어나
새벽 저 별들의 하늘부터 쳐다보는 일상
우리 저 새벽 별과 눈인사 나누는 것으로
새로운 하루를 시작하고자 했던 나에게
여명의 아주 눈부신 새 세상을 열어주며
일상의 시름 다 잊게 해주던 착한 누이
그 반짝이는 눈빛으로
금의환향의 새 생명의 길을 열어주며
불사不死의 화려한 꿈을 꾸며 살게 해준
우리 저 동녘 하늘의 샛별이니 그리운 누이
사랑의 아주 완벽한 길잡이시니…….

위대한 삶

조금씩, 아주 조금씩 나아가는 것이다
가장 평화롭고 아름답고
가장 소중하고 눈부시고 활기찬
저기 저 환희의 세상으로
날마다 조금씩 나아간다는 것
이것이 바로
우리 삶의 가장 복된 길이고 지혜이니
금의환향錦衣還鄕
온갖 정성을 다하여 우리 저 축복의 땅
영원한 생명의 나라로 돌아갈 수 있게
오늘 하루의 일상을 뜨겁게 살아간다는 것
이보다 더 보람차고 소중한 삶이 없느니
사랑이 콸콸 흘러넘치는 평화의 땅
님들이 가 계시는 저 영원한 생명의 나라로
조금씩 아주 조금씩 나아간다는 것
이것이 바로 우리 인생의
가장 위대한 삶의 길이요 지혜이고 방법이니⋯⋯.

역사

사랑이다, 그거 하나뿐이라고
날마다 열변을 토하시며 모든 것을 얻게 하고
모든 걸 이겨내게 하는 힘이 되고
언제 어디서나 늘 감사하며 살게 하고
시련의 모든 순간들을 거뜬히 이겨내게 하며
금의환향의 길로 뚜벅뚜벅 나아가게 하는
우리 삶의 둘도 없는 길잡이요
최후의 승리자가 되게 하는
아주 완벽한 무기가 바로 사랑이고
이거 하나뿐이라고
날마다, 날마다 소리치며 핏대를 세우시며
아직은 그대 슬퍼하며 절망하지 말고
너무 그렇게 기뻐하며 날뛰지도 말고 오순도순
더불어 사랑하며 살다 어느 날 훌쩍
저기 저 창공의 별 하나가 되어야 한다고
날마다, 날마다 소리치며 핏대를 세우시는
우리 삶의 아주 완벽한 길잡이요 스승이시니…….

시를 읽다가

시를 읽다 뉴스를 본다
안타깝고 애처로운 것들
시를 읽다 다시 또 가슴을 치고
시를 읽다 새로 올 날들을 더듬어 본다
걱정이 태산이다

시를 읽다 꿈을 꾸고
시를 읽다 잃었던 미소 되찾고
시를 읽다 너울너울 춤을 추고
시를 읽다 절망의 나락奈落을 만나고
시를 읽다, 아— 사랑의 시를 읽다
별 하나가 된다

시를 읽다 지난날을 돌아보고
시를 읽다 그리움의 본질을 배우고
아, 위대한 사랑의 시를 읽다 님을 또 생각하고
시를 읽다 두 눈 꼭 감고서 더듬어 본다
새로 맞을 우리들의 저 환희에 찬 새 세상을…….

오래된 꿈

하늘이다
그곳을 고향이라
영원한 고향이라 생각하며
언젠가는 꼭
돌아가리라는
환희의 꿈을 꾸며
날마다 조금씩
조금씩 걸어가는 것이다
날마다 조금씩
조금씩, 조금씩

애밀로에게

이제 겨우 여섯 살, 철없는 아이였었단다
그림 그리기에 아주 푹 빠져 있던 아이
다른 공부와는 달리 너무 정말 집중하는 것에 놀라
선생님이 조용히 물어보았단다
뭘 그렇게 열심히 그리고 있느냐고
그러자 신神을 그리고 있다며 당당히 말하는 아이
아이의 거침없는 대답이 하도 걸작이라
신이 어떻게 생겼는데 다시 한번 물어보았더니만
이제 곧 알게 될 거예요
현자만이 할 수 있는 아이의 대답에
말문이 막혔다는 선생님의 얘기를 듣다 보니
불현듯 스치는 얼굴들이 있다는 것이고
그들을 불러 애밀로라, 애밀로여 이제 곧 알게 될 것이니
망나니처럼 그리 막 살아온 날들이
얼마나 바보 같고, 얼마나 얼마나 어리석은 일인지
이제 곧 알게 될 것이니 애밀로여 하면서
오래 또 오래오래 합장을 한다는 것이다

자유 속의 함정

우리들의 가슴 아주 깊은 곳에 웅크리고 있는
가장 원초적인 욕망이요
결코 빼앗길 수 없는 소중한 값어치고
목숨을 걸고서도 기어이 쟁취하고 싶은
색깔 아주 곱고 짙은 일상의 바램이다. 자유
꿈의 날개를 마음껏 펼쳐 볼 수 있고
새로운 생명의 세상을 당당히 노래할 수 있음이니
영원에 대한 본능적인 그리움 때문이요
안녕하며 훌쩍 떠나갈 수 있는 복된 길인가 하면
끼리끼리 어울려 뛰노는 저 막가파 인생
마음껏 즐기고, 재미나게 살다 가면 그만이라 깔깔대는
우리 저 어찌할 수 없는 벗들도 가끔씩은 있음이나
이 또한 자유라 목청껏 소리칠 수 있음이니
죽음으로 모든 것이 끝난다는 삶의 논리야말로
너무 정말 위험하니, 틀렸다 하면 끝장이요
돌이킬 수 없는 아픔이고 끔찍한 절망이라
이런 것을 두고 자유 속의 함정이라 말함이니
사유思惟의 자유
그 속에 우리 인생의 성공과 패망의 길이 있음이니…….

꿈 5

이별이다, 그 마지막 순간에도
미소 가득 잃지 않고서
"안녕" 안녕하며 훌쩍 떠나갈 수 있게
오늘 하루의 일상을 뜨겁게 살아가는 것이다

옹기종기
서로 정 주고 받아왔던 삶의 흔적
그 감동의 순간들을 보듬고서
함께해 준 벗들의 안녕을 빌어주며
금의환향錦衣還鄉
님들이 가 계시는 저 고향하늘로
훌쩍 돌아가고자 했던
일상의 꿈을 찾아가는 화려한 꽃길이니

이별이다, 그 최후의 순간에도
"그동안 너무 정말 고마웠어"
"사랑해" 하며 잠이 들듯 떠나갈 수 있게
오늘 하루의 일상을 지혜롭게 살아내는 것이다

언어의 본질

서로의 죽음을 졸卒이라 했던 시절이 있었다지요
몹쓸 병마였고, 스스로 헤어날 수 없었던 피 끓는 청춘
그런 애꿎은 죽음을 망亡이라 하고
떨어지는 낙화처럼 꺾이고 말았다며
아쉬워하고 안타까워했던 그런 시절이 정말 있었지
목에다 힘깨나 주면서 살다 간 이들의 죽음에는
서거逝去라는 엄숙한 단어를 붙여주기도 하고
사고사를 당하였다는 애처로운 언어와
연세 높은 어른이나 평소에 존경했던 이들의 죽음엔
돌아가셨다는 거창한 말을 붙이기도 하는 것인데
당치않은 언어言語의 남용이라는 것이다
살아생전에 믿고 따르고자 했던 또 하나의 세상
그런 세상으로 돌아가기를 갈망하지 않은 죽음을 두고
돌아가셨다는 언어를 쓴다는 것은
우리 언어의 속 깊은 본질에도 맞지 않기 때문이니
돌아간다는 말은 혼이 있어 없어지지 않는다는 뜻이고
무릉도원, 그 천상낙원으로 돌아가겠다는 화려한 꿈
그런 위대한 꿈을 꾸며 뜨겁게 살다간 이들을 두고 하는 말
이요

늘 감사하며 살고 또 확실한 믿음을 갖고 당당히 살다 가는

그런 꽃다운 삶의 흔적을 두고 하는 환희의 말이니

금의환향, 돌아가시었다는 그 눈부신 언어의 본질은……

정 3

눈물을 머금고서 그를 또 버렸다는 사실이다
버려도 되겠다는 합당한 이유다 싶어
그를 다시 냉정하게 버렸던 것인데
갑자기 또 우리 저 하늘이 우당탕
우당탕 무너져 내렸던 것이고
있는 힘을 다해 떠받쳐 보았으나
솟아날 구멍은 아무 곳에도 보이지 않았으며
빈틈 하나 찾아볼 수 없는 우리들의 하늘
더는 견딜 수가 없어
다시 후다닥 백기를 들고서
버린 그를 다시 가슴에 꼭 보담아 들였던 것이고
놀랍게도 금세 환해지는 우리들의 하늘
다시 또 속삭이는 다정한 별들이 떠오르고
오가며 우지지는 철새들과
피었다 지고 피는 저 꽃구름의 간드러진 노래
그 애절한 비나리의 소리 들으면서 깨닫느니
우리들의 그 미운 정 고운 정의 소중함을…….

훈화 - 2022 01 01

새해를 맞고, 또 한 살 먹을 때마다
늙을수록 더 열심히 살아야 한다 했던
그때 그 노신부님의 말씀이 자꾸만 생각이 나는 것이다
코가 유별나게 크시어서 '복 코'
순수한 조선 코라며 멋쩍게 웃으시던 신부님
강론이 아주 구수하고 감동적이었던 수많은 기억들
이십 대의 초반이었던 그때 내가
친아버지처럼 따르고 싶었던 신부님이셨는데
초겨울 어느 날의 새벽이었다
님의 부르심에 예! 하며 훌쩍 떠나가셨다는 부고
너무 정말 갑작스런 이별의 소식이 있었던 것이고
해가 또 바뀌고 나이 한 살 더 먹을 때마다
그때 우리 이웃집 아저씨 같았던 복코 신부님의
나이를 먹을수록 더 열심히 살면서
우리 저 하늘에다 보화를 많이 쌓아야 한다시며
동분서주하시었던 신부님의 훈화訓話
그 가르침의 말씀들이 자꾸만 생각이 나는 것이고
출타의 발걸음을 한층 가볍게 해 주는 것인데
우리 복코 신부님이 남겨 주신 말씀의 위력威力인 것이다

71

하늘의 소리 8

초여름 가뭄이 아주 극심할 때였다
저수지의 바닥이 거북등처럼 떡떡 갈라지고
민초들의 일그러진 가슴이 타고
온갖 농작물들이 시들어가고 있을 때였다
하늘에서 좌—악 쫙 생명수와 같은 단비가 오고
꽈르릉 꽈르릉 지축을 울리는
우리 저 하늘의 소리, 그 공포의 소리에 놀라
눈을 감고 합장하고 있을 때였다
잠깐 또 다른 곳에 관심을 두다 그만
그대들의 기도 소리를 깜박했었다며
너무 정말 미안하게 되었다는 말씀같이
다시 또 꽈르릉 꽈르릉 지축을 뒤흔들며
참으로 오랜만에 비다운 금비가 오고
들녘의 온갖 농작물들이 덩실덩실 춤을 추고
우리 저 농부들의 얼굴에 다시 또 웃음꽃이 피어나고
나도 덩달아
합장한 두 손에 힘이 불끈 솟아나고…….

제4부

돌아보고 생각하며

새해를 맞으면서

다시 한번 자세히 살펴봐야 할 일들인 것이다
그때 우리 함께 분노하고 함께 일어났던
그 뼈아픈 순간들을 다시 한번 뒤져보며
함께 우리 두 주먹 불끈 쥐고서
새해에도 뚜벅뚜벅 의義로운 길로 우리
모두 함께 나아가리라 다짐하며
다시 한번 어금니를 꽉 깨물어 봐야 하는 것이다
그때 우리 왜국倭國에 의한 강제합방
그 참을 수 없는 분통의 순간과
동족상잔의 너무 정말 가슴 아픈 육이오 참상
그 몹쓸 상황들을 다시 한번 뒤져보며
다시 우리 새로운 각오와 다짐을 하고 또
저 머나먼 베들레헴의 마굿간에서
이천여 년 전에 태어나신 우리들의 임마누엘*
님의 그 위대한 삶도
다시 한번 소상히 살펴봐야 할 일들인 것이다
금의환향, 후회하지 않는 우리네의 인생
그 최후의 승리자가 되고자 한다면…….

* 예언된 말씀같이 사람으로 오신 신의 이름

전설의 부부 –사랑의 힘

시詩를 별로 좋아하지 않는다는
아주 보기 드문 여인이 정말로 있었다는 것인데
돈도 밥도 되지 않는다는 시
그런 시 쓰기가 꿈이라던 한 사나이의 아내가
기어이 되고자 했던 간이 아주 큰 여자였던 것이다
돈을 참 좋아한다고 당당히 말하면서도
꾸역꾸역, 그 어리석고 가난한 시인의 아내가
기어이 되고 말았던 이상한 여인이 있었던 것이니
거부할 수 없었다는 끈질긴 인연
그래서 더 많은 노력을 했다는 부부
가끔씩은 토닥이기도 하였지만
아주 참 행복한 부부라 소문이 났었다며
소꿉놀이처럼 살아가면서도
세상의 그 어떤 가치보다 높고 크고 위대하다는
사랑과 시의 깊고 높은 속내를
확실히 증명해 보이고 싶었다며, 실패를 거듭하면서도
웃음 잃지 않고 살아가고 있는 용감한 부부가
전설처럼 이 땅, 그 어딘가에 살아가고 있다는 것이고
그래서 아직은 우리 사는 세상이 살맛이 난다는 것이다

겨울 일기 2 - 2021 12 31

다시 또 가슴이 답답하여

그 다정했던 겨울 바다를 다시 찾았더니

그때처럼 변함없이 반겨주는 파도

애틋한 구음시나위로

내 이 들끓는 속 가슴을 달래주는 것이었고

그 파도 소리를 귀담아듣고 새기면서

다시는 바보처럼 헤매지 않으리라

그리 또 속다짐을 하며 눈을 감자

사필귀정이란 단어가 갑자기 떠올랐던 것이고

늘 인과응보因果應報라 일러주던

내 인생의 훈장 같은 세월

그에게 내 삶의 결과에 대한 셈법을 내맡기고서

가훈처럼, 최선을 다하면서 살다 가리라

그리 또 다짐하며 콧노래를 흥얼거리면서

서둘러 집으로 돌아왔던 것이다

오랜만에 따끈한 붕어빵 한 봉지를 사 들고서……

행복해도 좋은 것들

내가 사용하고 있는 모든 종이들은 스스로 행복하다
그런 긍지를 가져도 좋을 것이다
한 조각의 휴지라도 그 과정을 생각하며
알뜰살뜰히 사용하는 이들이 여기 있기 때문이고
내가 먹고 마시는 모든 음식물 또한 그들의 최후가
참으로 알차고 소중한 것이었다 생각하며
만족하고 기뻐하며 산화해도 좋을 것이다
어떤 음식이던 먹기 전에 꼭
감사의 기도를 하고 먹는 사람들이 있기 때문이고

이 땅의 대부분의 아내들은 참으로 행복하다
그리 생각하며 늘 즐겁게 살아가도 좋을 것이다
자기 아내를 세상에서 제일 소중한 존재라 생각하며
날마다 흥얼흥얼 기뻐하며 열심히 살아가고 있는
그런 남편들이 대다수이기 때문이고
나와 더불어 살아가고 있는 이 땅의 모든 이들 또한
오늘 하루가 참 복되었다, 그리 생각하며 살아가야 할 것이
다

함께 해주어 너무 정말 고마웠다고

날마다 감사하며 살고 있는 이들이 여기 있기 때문이니

꿈 이야기 – 아베

지난밤의 꿈속이었다. 일본의 아베
그의 귀싸대기를 후려쳤던 것인데
단상에서 연설을 한답시고 거짓 역사를,
특히 한국과 관련된 엉터리 날조된 역사를
내 까리고 있던 아베
더는 참고 들을 수가 없어 단상으로 뛰어 올라가
그의 귀싸대기를 사정없이 내리치면서
이 더러운 놈, 보고 듣고 직접 당한 사람들이 버젓이
살아 있는데도 그따위 역사 왜곡을 하다니 하면서
그의 귀싸대기를 아주 힘껏 내리쳤던 것이고
순사들이 우루루 달려들었고 내가 또
그 순사들을 향해 호통을 치는 중에 꿈에서 깨어났던
2022년 7월 9일의 열대야와 같은 이른 새벽이었고
아침 뉴스에서 그의 사망 소식을 들으면서
동족이 쏜 사제 총을 맞고서 즉사했다는 소식에
놀라면서도 웃음보가 터지려 했다는 것이다
지난밤의 내 신통한 꿈이 생각났기 때문이다.

2022. 7. 9

겨울 어느 날

바람 아주 차고 매서웠던 한겨울 어느 날이었다
꼭두새벽에 일어나
따끈한 물 한 잔을 천천히 마시면서
고향 친구가 보내준
카톡 문자를 다시 한번 생각해 보는 것이다
따스한 물을 매일같이
그것도 새벽 공복에 계속해서 마시면
모든 것이 너무 정말 좋아진다면서
가슴이 아주 뜨거워지고, 피가 참 깨끗해진다 했던
고향 친구가 보내준 사랑의 문자를 생각하며
이른 새벽에 일어나 따끈한 물 한잔을 마셔 놓고는
아주 참 대단한 보약이라도 챙겨 먹은 듯
행복에 푹 빠져 보는 것이고
고향 친구가 보내준 그 고마운 문자를
많은 이웃, 친구들에게 급보인 듯 보내 놓고는
오늘 하루도 뭔가 참 좋은 일들이 생길 것 같은 예감에
흥얼흥얼 콧노래를 또 불러 보는 것이다

바닷가 찻집에 앉아

동해의 끝자락, 그 바닷가의 찻집이었다

따끈한 녹차 한 잔을 사 들고서

파도 철썩이는 저 바다를 바라보고 앉았더니만

뭔가를 끝없이 들려주던 파도

그 다정한 속삭임에 귀를 가만히 기울이며

깊은 명상에 푹 빠져 있을 때였다

참고 또 참아가며 사는 것이 인생이요

살다 보면 좋은 일도 가끔씩 생기기도 한다.는 말이

불현듯 떠올랐던 것이고

세월이 약이라는 급제及第의 답을 얻어 듣고는 님들

우리 저 슬퍼하고 절망하며 사는 벗들

밀려오는 소외의 아픔과 외로움에 몸부림치며

희망까지 잃어가는 우리 저 벗님들께

다들 그렇게 흔들리며 살다 가는 것이 인생이니

그대 절망하지 말고 지나온 세월을 돌아보라, 벗들이여

더 큰 보람과 기쁨이 도래할 징조이니라는 말을 꼭

해주고 싶었다는 것이다

이 바닷가 찻집에 앉아 내 아픈 지난날들을 뒤돌아보면
서…….

초겨울 어느 날의 일기

초겨울 어느 날의 해질녘이었다
다시 또 만보 걷기에 도전하던 중이었고
폐선 구간인 해운대와 송정 사이의 미포
그 짧은 굴다리 근처의 바닷가 바위틈에 앉아
저기 저 해맑은 이기대와 눈부신 광안대교
아득한 저 오륙도 너머의 지평선과
바다와 하나된 신비로운 하늘
놀랍도록 아름다운 새 세상의 풍경을 바라보면서
오랜만에 무아의 경지를 맛보았던 것인데
그때 마침 겨울 해가 뉘엿뉘엿 지고 있는 노을
그 곱디곱고 눈부신 황혼을
넋을 놓고 멍하니 바라보고 있을 때였다
갑자기 매서운 칼바람이 불어왔던 것이고
서둘러 저 바다와 하나되어 춤추고 있는
아주 정말 화려하고 눈부신 별들의 하늘
저 환희에 찬 풍경을 가슴에 퍼 담고 있었던 것이다
미포 이 바닷가에 쭈그리고 앉아

본능

이른 봄 어느 날이었다
늘 푸른 나무들이 정답게 어울려 있고
이제 막 피어나기 시작하는
주위의 풀꽃들과 더불어
오고가는 철새들의 노랫소리 가득했던
볕 아주 따사로운 고향의 선산이었고
오랜만에 엄마 곁에 반듯이 누워
꽃구름이 두둥실 피었다 지고 피는
우리 저 하늘을 멍하니 바라보고 있었더니만
금방이라도 깊은 잠에 푹 빠져들 것 같은
낙원의 평화가 찾아오는 것이었고
저 해맑은 풀꽃들과 늘푸른나무들과 더불어
오래토록 푹 쉬고 싶다는 본능에 그만 놀라서 벌떡
깨어났었던 그때의 순간을 생각하며 웃느니
가끔씩 허허허 웃으면서 사느니
혼자서 고향 선산을 찾아뵈었던
이른 봄 어느 날의 추억 덕분인 것이다

기분

오랜만에 친구들과 술 한 잔 마시고 나서였다
돋구어진 흥에 또 노래연습장으로 직행해서는
굳세어라 금순아와 홍도야 우지마라
힘들었던 시절의 우리 누이들께 안부도 전하면서
인생은 나그네길
최희준의 하숙생을 함께 불렀던 흥에 겨운 시간
그 보약 같은 한때의 추억들이 있는가 하면
누군가의 초대를 받았을 때였다
은은한 생음악이 흘러나오고, 오색등이 돌아가고
위스킨가 양주라는 독한 술을 넘기면서
도우미의 손에 이끌려 못 추는 춤을 으적으적 추어야 했던
너무 정말 어색했던 초대의 시간
그 찝찝했던 추억들을 뒤돌아보면서
그때 우리 허물없이 어울렸던 귀한 친구들
그 소중했던 순간들을 떠올리며
혼자 괜히 흥얼흥얼 콧노래를 불러보는 것인데
기분이란 것이 이렇게 분위기에 따라 달라진다는 것을
오늘 또 토라진 아내를 보며 깨닫는 것이다

적敵

들끓는 모기 떼와 같은 존재들을 일컫는 말이다
아주 참 귀찮고도 얄미운 것들
한밤을 괴롭히며 남의 피를 빨아 자기 배를 채우는
아주 정말 고약한 족속들을 일컫는 말이다

백해무익, 인류의 영원한 적을 두고 하는 말이다
스스로의 패악悖惡질을 회개하지 않고
부끄러워할 줄 모르는 집단
끝끝내 뉘우치지 않고 속죄하지 않으면서
더 큰 거짓말로 진실을 덮으려 하고
더욱 더 철저하게 숨기고 감추고자 하는 이들
이 땅의 망나니와 같은 집단을 두고 하는 말이고

언젠가는 천벌을 받아야 할 족속들을 일컫는 말이다
우리 모두의 안녕과 행복을 위하고
온 누리의 평화 위해 헌신하고자 아니하는 족속들
지들의 이익만을 챙기려다 폐가, 망국할 것들을 일컫는 말
이다

한겨울 어느 날의 일기

한겨울 어느 날의 꼭두새벽이었다
다시 또 훌쩍훌쩍 울음보를 터뜨리고 말았던 것인데
잘 보지 않던 유튜브였다
1983년도의 이산가족 찾기 행사였던
'그 사람이 보고 싶다' 그때 그 이산가족들의
감동적인 상봉, 그 감격의 순간들을 다시 보면서
나도 몰래 훌쩍이고 말았던 것인데
아내가 또 왜 그러느냐며 핀잔을 주는 것이었고
속이 참 너무 많이 상하였던 것이다
그때 우리 민족의 한 맺힌 분단의 아픔
그 너무나도 큰 슬픔의 근본적인 책임이
저 몹쓸 왜국의 강제합방 때문이라는 사실에
속이 더욱 상하고 아팠던 것이고
그때 그 협박과 억압에 의한 강제합방이 없었다면
우리 민족의 분단이 왜 생겼으며, 전쟁이 왜 일어났겠는가?
이 엄연한 사실을 강력하게 따지지 못하고
우리끼리 토닥토닥, 못난 짓들만 하고 있다는 것이
가슴을 더욱 아프고 슬프게 한다는 것이다

안타까운 서정 - 박제상

신라국의 충신이요 뛰어난 외교관이었던
박제상이 어느 날 고구려에 볼모로 잡혀가 있던
눌지왕의 아우 복호를 구하기 위해
적국이었던 고구려로 건너가 장수왕을 설득하여 빼 오니
왕이 아주 기뻐하며 연회를 베풀면서도
오랜 세월 신라를 괴롭혀 온 왜국
그들에게 잡혀가 있는 동생 미사흔이 보고 싶다며
체통 없이 훌쩍이는 왕의 모습을 보고는
서둘러 왜국으로 건너가 미사흔을 구하고
자기는 놈들에게 잡혀 온갖 고초를 당하면서도
그들의 재상이 되어 달라는 회유에
신라의 개가 될지언정 왜의 신하가 될 수 없다는 지조
그 의로운 신의를 지키다 그만
발바닥이 벗겨지고, 산채로 화형을 당하였다는
너무 정말 안타깝고 애처로운
신라국의 충신 박제상의 사연을 전해 듣다 보니
속이 정말 너무 많이 짠해지고 안타깝고 분통하여
이리 또, 다시 한 번 되뇌어 보느니…….

치술령의 망부석

신라국 눌지왕의 아우 미사헌을 구하기 위해
왜국으로 훌쩍 떠나갔다는 임(박제상)의 소식을 전해들은
그의 아내였다, 두 딸을 데리고서
무심한 저 파도 철썩이는 동해바다가 내려다보이는
치술령, 이 바람 차고 매서운 고개에 올라
날마다 임이 또 무사히 돌아오시기를
지극정성으로 빌고 또 빌었던 어느 날이었다
너무나도 자상했던 남편이요 아버지였던 그가 글쎄
그들의 신하가 되어 달라는 놈들의 간청을 뿌리치고는
차라리 신라의 개가 되겠다며 호통을 치다
그 무지한 놈들에게 산채로 화형火刑을 당하였다는
청천벽력과 같은 소식을 전해 듣고는 식음을 전폐하며
새로운 세상에서의 해후
임과의 당당한 만남을 위해 스스로 눈을 뜨지 않고
망부석이 되었다는 치술령
아, 너무 정말 애달프고 가슴 짠해지는
여기 이 눈물겨운 세 모녀상을 바라보며 오래 또 합장을 하
느니
왜국, 이 비겁하고 옹졸한 놈들 천벌을 받을지라

추억 속의 어머니 1

부산의 저 아주 화려한 롯데백화점과 호텔
그것들이 들어서기 전의 그 자리에는
'부산상업고등학교'와 '부전국민학교'가 우뚝 서있었고
정문 양쪽으로 길게 쭉 늘어선 담벼락은
우리 엄니의 놀이터와 같은 곳이라
이른 봄 어느 날이었다
어린 두 손주를 데리고 나들이를 하여
김해와 양산에서 쑥이며 들나물을 뜯어 오신 할머니들
그 할머니들과 말 친구를 하면서
며느리 자랑을 퍼질러 놓으셨던 것이고
아내가 근방의 시장에서 쑥떡 조금 사들고서 찾아가자
"하이고 이 사람이 며느린교 고맙기도 하지,
시어른한테 그리도 잘한다면서." 칭찬이 너무 분에 넘치어
몸 둘 바를 몰라 했다는 아내
스스로 잘 모시지 않고는 아니 되게끔
그 하나뿐인 며느리를 다스려 내시었던 우리 엄니
고향의 이모님들이며 친인척들을 만나 뵐 때에도
과분한 칭찬을 듣고 쑥스러워하며 어머니를 따랐던 아내

그렇게 우리 엄니는 칭찬으로 사람 다스리는 법을,
특히 며느리 다스리는 법을 몸소 실천해 보이신지
어느새 반세기에 가까운 세월이 훌쩍 흘러간 것이다
이 땅의 모든 시어머니들에게 모범을 보이신 지가

2022. 5. 8

추억속의 어머니 2

많은 선생님들을 만나고 헤어졌었지만
지금껏 내 이 가슴 안에 남아 있는 따스한 얘기
위로와 희망과 용기를 불어넣어 주신
진정한 스승님은 우리 엄마, 딱 한 분이시니
그때 그 막막했던 타향살이였고
갑자기 엄습해 왔던 지독한 가난
그 엄청난 수모와 고통을 견뎌내지 못하고
어찌할 줄 몰라 했던 이 못난 자식에게
"야야 산입엔 절대로 거미줄 못 친다
너무 걱정하지 말고 정신 차리고 살아보자."라는
위대한 사랑의 말씀을 주시어 나를 다시
벌떡 일으켜 세우시어
새로운 삶의 의지와 용기를 불어넣어 주시었던
우리 엄마, 그런 스승님이 계시어
오늘까지 이렇게 옹기종기 살아갈 수 있다 믿는 것이고
그 엄니가 생각이 날 때마다 눈물이 난다는 것이다
너무 정말 감사하고, 황송하여…….

제5부

역사의 소리

울 밑의 봉선화 – 2022 08 15

교회당의 꽃밭이었다
쉽게 지워지지 않은 분통의 열기로
간절히, 아주 간절히 피어 올리는 지성 어린 소지燒紙
그 한恨 서린 피의 꽃들이 곱게 또 피어나고 있는
여기 우리 이 땅의 눈부신 꽃밭이었다
그때 그 광인들의 야욕, 그 개보다 못하였던
너무 정말 극악무도했던 왜인들의 만행
그 고약한 침략의 근성을 이제껏 버리지 못하고
요리조리 추한 혓바닥을 내굴리며
독기 어린 음모와 거짓말만 퍼질러 놓으면서
그때 그 광란의 패악悖惡질을 왜곡하고 덮으려고
미친 들개처럼 설쳐대는 저들이 있어 이제껏
편히 한 번 쉬지 못하고서 이 땅의 불침번을 자청하며
우리들의 의로운 땅을 지켜야겠다는 선구자들
님들의 저 피끓는 평화의 꽃이니 봉선화!
이 땅의 수호자가 되고자 하는 우리 거룩한 님들의
불꽃처럼 활활 타오르는
아, 우리 이 땅의 위대한 사랑의 꽃님이시니…….

반쪽에 대하여

반쪽이었다. 반쪽이라 늘 부끄러웠고
반쪽이라 늘 불안하였으며
반쪽이라 늘 가슴이 답답하고 서글펐던
그때 우리 육이오의 시절이었고 정신없이 뛰놀 때였다
반쪽의 사과를 들고 찾아왔던 내 단짝 친구에게
다 큰 형들이 그랬던 것이다
반쪽이란 너무 정말 부끄러운 것이라며
그걸 모른 채 살아가고 있는 바보 같은 이들이 많아
속이 참 아주 많이 상한다는 말을 듣고는
그 친구 엉엉 울면서 집으로 돌아가
잘 익은 사과 하나를 기어이 찾아왔던 것이고
그걸 또 반쪽씩 나누어 한입씩 깨물고는
미친 듯 땅따먹기 놀이를 하며 정신 줄을 놓고 살았던
아, 너무 철없었던 한때의 세월
그 안타까운 사연들을 이리 또 되새겨보는 것은
그때 우리 가슴 많이 아프게 했던 반쪽이 남긴 흔적들과
쉽게 끝날 것 같지 않은 반쪽의 역사
이 숨길 수 없는 부끄러운 현실을 함께 우리 통찰하고

함께 또 깨우치며 새로운 길을 모색해 보고자 함이니

그런 때가 바로 지금 이 순간이라 생각하며

오래 또 오래오래 하늘 우르러 합장함이니…….

출정의 추억

너무 참 초라해 보인다는 아내의 충고에
옷을 또 바꿔 입고 거울을 보았던 것이고
이제야 조금 기백 차 보인다 싶어
처진 어깨를 다시 한 번 으쓱해 보면서
백발이 된 머리에 검정 빵모자를 꾹 눌러썼느니
이십여 년 전의 일본이 생각나는 것이다
스스로 저지른 광란의 패악悖惡질을 속죄하지 않고
숨기고 미화해 온 그 못된 버르장머리를 고쳐주고자
왜인倭人들의 회개를 촉구하는 거리시화전을 열기 위해
일본으로 출정할 때인 1997년 4월의 개량 한복
그때 입었던 옷을 다시 꺼내 입고 외출 준비를 끝내면서
저 간사한 일인日人들의 콧대를 꺾어 놓겠다는 기백
그 피끓는 50대의 활기를 되찾은 듯
진눈깨비 휘날리던 초겨울의 소녀상을 찾아
다시 한 번 절하고 위로하며 꼭 해드리고 싶었던
"우리가 이깁니더."라는 사랑의 말씀을 되씹어 보면서
지하철로 향하였던 내 출정의 모습이
용사처럼 활기차고 아주 참 당당하지 않았을까?

다시 한번 어깨를 으쓱해 보는 것이다

"우리가 이깁니더."를 읊조리고 또 읊조리면서…….

눈물에 대하여 – 아베의 죽음을 보고

그의 부고가 있고 온 세상이 떠들썩할 때도
나는 그랬다, 혼자 앉아 소주잔을 기울이며
그러게, 그러게란 소리를 계속 내뱉었던 것이고
그 친구의 부고를 받았을 때도 그랬으며
앞으로도 그러하게 될 것이다 이기주의
온갖 속임수와 거짓말로 의로운 이들의 속을 확
뒤집어 놓다 간 그때 그 이또란 녀석처럼
백주대낮에 동족이 쏜 장난감 같은 총탄을 맞고
갑자기 사라져간 그 더러운 뒤태를 멍하니 바라보며
박수라도 치고 싶은 그런 죽음들이 있는가 하면
그때 우리 TV에서 본 남루한 할머니, 폐지를 주워
자식이 두고 간 손자 둘을 힘겹게 키우고 계셨던
그 이름 모를 할머니의 영면 소식을 듣게 된다면
나도 몰래 펑펑 눈물이 쏟아지게 될 것이고
강제로 끌려갔던 그때 우리 할아버지 할머니들
왜국倭國의 그 지독했던 억압 노동에 시달리다
병든 몸을 이끌고서 한평생을 고통과 더불어 살아오셨다는
우리 저 할아버지 할머니들의 별세 소식을 듣게 된다면

그때도 엉 엉 울음보가 터지고 합장을 하게 될 것이니

눈물이란 이렇게도 지혜로운 것이다

개 짖는 소리

혼돈의 시대, 그 음흉한 무리들이 도래하고
피받이의 매국노들이 다시 준동하기 시작했다는
아주 참 더러운 소문이 떠돌아서인지
개를 키우는 집들이 점점 늘어나고 있다는 것이고
문제 또한 한두 가지가 아니라는데도
개를 몰고 산책하는 사람들이 하나 둘
유행병처럼 번져가고 있다는 것인데
정체불명의 우리 이웃집 중년 부부였다
아주 음침하고 험상궂게 생긴 시커먼 불독
그 개새끼를 몰고서 산책을 나왔던 것이고
갑자기 이웃사람들을 향해 허연 이빨을 드러내고서
무섭게 으르렁거리며 짖어 대었으며
놀란 사람들이 미친개라며 소리쳤었다는 소문에다
지리적으로 제일 가깝다는 저기 저 섬나라
저 늘 음흉한 곳에서도 매일같이
우리들의 피붙이인 독도를 두고 지들의 죽도竹島라며
미친 들개처럼 짖어 대고 있다는 것이고
그 몹쓸 것들을 우리 저 하늘이 늘 째려보고 있다는 것이다

바람 - 春來不似春

너무 정말 차고 매서웠던 바람이었다
입춘이 지나고 개구리들 깨어난다는 경칩이 오고
매화꽃, 흐드러진 진달래 피어나고
남해 저 오륙도의 바닷가 언덕바지에
수선화가 만발했다는 화려한 꽃소식이 들려오고
상춘객들이 끝없이 이어지고 있다는 봄이 와도
꽃샘바람은 여전히 차고 매서웠던 것이고
저 가까운 섬나라에서 불어오는
지독하고 끈질긴 역사 왜곡의 미친 돌개바람과
북녘에서 피워 올리는 독살바람
우리 저 여의도의 비겁한 음모의 바람과
그때 우리 판문점에서의 문과 김, 그 뜨거웠던 훈풍은 역시
얄팍한 속임수, 그 휘몰이의 북풍에 불과했단 말인가?
평화를 위한 진실이기를 간절히, 간절히 바랐느니
우리 민족의 영웅이 될 기회였고 이제도 유효하다는 것을
여기 우리 남녘의 순수한 들꽃바람에 실어
북으로, 북으로 훨훨 띄워 보내느니……

열정

서해 저 바닷물 속으로 휘~익 던져 넣고 싶은
그런 녀석들이 많다는 것이다
하나 되어 늘 노래하고 춤추는 우리 저 서해바다
저 넘실대는 바닷물 속으로 사정없이 휙
던져 넣고 싶어지는 못난이들이 많은 이 땅의 불행
하나를 쪼개어 그 한 조각을 움켜쥐었다고
그걸 늘 대단한 것처럼 으스대며 모가지에 힘주며 사는
이 땅의 얼간이들, 저 하늘 우러러 반성할 줄 모르는
우리 저 바보처럼 어리석고 명청한 이들에게
스스로 그 부끄러움을 깨닫게 하고
사랑으로 가슴 아주 뜨거워지게 하여
다시 우리 하나 되는 일에 초석이 되게 함이니
이보다 더 크고 위대한 사랑이 없고
이보다 더 고귀한 업적이 없음이라
영웅이 되는 길이요 눈부신 족적을 남기게 된다는 것을
사랑의 저 서해바다와 한 몸이 되어 깨닫게 함이니
한恨 서린 우리 저 압록강과 낙동강
이 땅의 젖줄 같은 한강물과 대동강물이 흘러들어

너울너울 하나 되어 마음껏 춤추고 있는
우리 저 의젓하고 당당한 서해바다
저 숭고하고 고귀한 사랑의 실체를 스스로 맛들이어
그들의 가슴 아주 깊이깊이 깨닫게 하여
다시 우리 금수강산, 그때처럼 하나 되게 함이요
하나 되어 덩실덩실 밤낮없이 춤추게 함이니
우리 저 서해바다에다 저들을 휘익 던져 넣었다 꺼내고 싶은
내 이 뜨거운 열정 오래오래 식지 않고 있음은……

어떤 시화전의 위력

저 가까운 섬나라의 구마모토라는 땅이었다
1592년 임진왜란, 조선 침공의 선봉장으로서
가장 잔인한 살육을 자행했던 가토 기요마사의
몰골스러운 가토성이란 것이 서 있는 곳으로
우리 조선인들의 코와 귀를 베어 와 소금에 절여
그 전과를 오래토록 과시하려 했던 바로 그곳이고
일제 강압시대엔 가장 악랄했던 만주군과, 일본 헌병들을
제일 많이 배출한 지역이니, 구마모토
조선인들에겐 악마와 같은 소굴이라 할 수 있음이니
그때 그 너무나도 잔인했던 왜군들의 만행
살아 있는 사람의 코와 귀 베기를 즐겼는가 하면
임산부의 배를 도려내어 미숙아를 총칼에 꽂고
기념사진을 찍기도 했던 잔악한 인간들의 본고장인 구마모토
나는 이 고약한 가토성 안에서 시화전을 열면서
"네 이놈 기요마사라는 괴수와 그 졸개들아 이리 나와
저주를 받으라, 이 고약한 놈들아"라는 심정으로
여기 일인들의 회개를 촉구하는

20편의 시화를 이 성안에 펼쳐 놓았던 것이다. 1997년 4월 14일

그리고 오늘 2020년 7월 5일 기록적인 폭우가 내려

아비규환, 물바다가 되어 버린 구마모토의 대 참상을

TV뉴스를 통해 물끄러미 바라보고 있었던 것이고

그때 우리 대한의 한 사나이가 목청껏 외치었던 절규에도

끝끝내 회개하기를 거부했던 네놈들의 최후를 보는 것 같아

나도 모르게 오! 하늘이여 하는 탄성이 터져 나왔던 것이고

우리 저 하늘이 결코 무심치 않았다는 사실에

우러러 감동을 먹고서 오래 또 합장을 하며 살아가고 있다는 것이다

전언 2

동양평화론을 주창하시었던 우리들의 영웅 안중근 의사
인류의 위대한 지도자이셨던 대한의군참모중장님을 두고
단순 살인자라 못박았던 무지한 왜국
자국의 초대 총리대신을 저격한 살인자란 얄팍한 논리로
엉터리의 재판에 회부하여 인류의 위대한 박애인을 처형함
으로써
하늘의 뜻을 또 한 번 어긴 죄인국이 됐음이니
1909년 안중근 장군님이 제거한 이토란 녀석이 누구인가
조선 침략의 원흉이요 수많은 인류에게 고통을 안겨준 그를
대한의군참모중장의 자격으로 제거를 하였던 것은
군인으로서의 맡은 임무를 훌륭히 완수한 빛나는 용사이니
그러기에 한 세기世紀가 지났어도 우리 이 땅의 영웅이요
당당한 의사義士로서 우리들께 칭송을 받고 있음이니
그런 안중근 도마, 대한의군참모중장님의 충고인
평화를 사랑하는 민족이 되라는 그 거룩한 말씀을
감사하며 받아들였다면 오늘의 왜국倭國 또한
저주받지 않은 당당한 민족이 되었으리라 믿느니 왜국이여
이제라도 그 위대한 뜻을 받들어

침략 전쟁의 온갖 만행들을 진심으로 사과, 속죄하고 충분히

보상하고 배상하는 진실을 보이고 용서를 구해야 하느니

그래야만 인류의 한 구성원으로서 당당하게

평화의 시대를 공유할 수 있는 자격을 얻게 되는 것이기에

우리 위대하신 사도使徒 안중근 도마 장군님의 충고를

다시 한번 전하노니, 왜국이여 평화를 사랑하는 민족이 되라

그 길 만이 당당히 살아남을 수 있는 유일한 길이고 방법이

니…….

위대한 서정 2 - 이순신

눈부시다, 아- 님의 그 일거수일투족

풍전등화와 같았던 그때의 우리 조국, 이 고귀한 땅을

목숨을 걸고서 당당히 지켜내시어

이 땅의 어질고 순한 백성들을 구해 내심으로써

인류 역사에 아주 눈부신 흔적을 남기셨음이니

1567년, 22세라는 늦은 나이에 무예를 닦기 시작하여

1576년에 무과에 급제하실 때부터 그랬느니

조국 위해 헌신하리라, 다짐하시었던 우리들의 위대한 장군

1591년 전라좌도 수군절도사의 명을 받고는

외침을 대비하기 위해 거북선을 건조하시면서 유비무환

군사를 모아 강군으로 조련하던 중이었고

임진년의 4월이었다. 왜군倭軍의 비겁한 기습침략이 있자

백전백승, 옥포해전을 시작으로 한산대첩 부산대첩과

적진포 사천 당포에다 당항포 전투와 율포

합포, 안골포, 장림포, 웅포, 다시 당황포 전투와

장문포, 영등포, 어란진, 벽파진, 명량, 철이도, 광양만

왜교성. 관음포 전투와 노량해전에서의 필승

23전 23승의 임진왜란과 정유재란의 그 광란의 적군을 상대
로

세계 해전사에 전무후무한 기록을 세웠음이니

신神의 경지요, 하늘의 뜻을 헤아리고 따랐음이라

진실로 우리 착하고 어진 백성들을 형제처럼 사랑하고

더할 나위 없이 사랑하였음이니

충무공 이순신!

정의를 위하고 조국을 위해 한 목숨을 초개처럼 바치어

우리 이 땅을 당당히 지켜내신 위대한 장군

아― 장군 중의 불굴의 장군, 용감무쌍한 사랑의 장군이시
니…….

위대한 서정 3 – 조 마리아

아주 정말 감동적이었다, 조 마리아
이보다 더 당당한 글이 또 어디에 있겠는가
아들이셨던 대한의군참모중장인 안중근 도마께서
1909년 10월 26일 북만주의 하얼빈역에서
악의 원흉이었던 이토 히로부미를 저격하고
여순 감옥에서 1910년 3월 26일에 순국하시었던
우리들의 위대한 장군에게 보낸 편지의 내용은
"장한 아들 보아라."로 시작이 되고 "대의를 위해 죽는 것이
이 어미에 대한 효도이니 당당히 처신하라
네가 한 행동은 우리 모든 조선인들과
온 인류의 공분公憤을 대신한 정의로운 행동임에
네가 항소를 한다는 것은 일제에 목숨을 구걸함이라
나는 현세에서 너와 재회하기를 기대하지 않느니
내가 지어준 이 한복을 정중히 차려입고 의롭게 맞서라."
하늘, 저 영광의 나라에서 다시 만날 것을 확신하고 쓰신
아, 나는 이렇게도 위대한 글
아들에게 보낸 편지를 본 적이 없느니, 조 마리아
우리 민족의 너무나도 자랑스러운 어머니시니

님의 그 애통함과 억울한 심정을 어찌 우리 모를 것이며
그때의 우리조국, 그 울분과 통한을 또 어찌 우리 모르리까
그래서 님의 삶과, 님이 남기신 이 고귀한 편지 한 통이
이토록 오래오래 우리들의 가슴을 쿵쿵대고 있음이니…….

위대한 흔적 – 안중근의 하얼빈 의거

북만주의 하얼빈역이었다. 1909년 10월 26일
몇 발의 총성이 울리고 아수라장이 되어버린 광장
우리 민족의 별이셨던 안중근 대한의군참모중장께서
침략의 원흉 이토란 녀석을 저격하였으니, 즉사였다
현장에서 체포되었을 때도 '코레아 우라'를
당당히 삼창하셨으니 '대한독립 만세'였다
그 의로운 날이 바로 1909년 10월 26일
그로부터 오늘이 111주년이 되는 날이니
조선인의 위대한 기상을 만천하에 떨쳤음이요
정의와 평화의 소중함을 온 세상에 알리고
인간이 나아가야할 의義로운 길을 당당히 밝히심이니
인류애의 정신을 솔선수범하시었음이요
비겁하고 음흉한자의 최후를 우리 사는 세상에 알리고
올바른 삶의 길을 온 누리에 떨쳐 보이셨던
대한의군참모중장이셨던 안중근 장군님의 하얼빈 의거
그때 그 불꽃같은 우리 장군님이 남기신
그 사랑의 위대한 흔적이
오늘, 우리 사는 세상의 등불이 되어
자유와 평화의 소중함을 만천하에 알리고 있음이니……

2020. 10. 26

부산대첩

1592년 8월 24일, 충무공 이순신 장군님의 우리 조선수군은 왜적의 보급로를 차단하기 위해 여수의 전라좌수영을 출항하여 경남 통영과 거제 앞바다를 거쳐 같은 해 9월 1일(陰) 마침내 왜의 수군 본진이 머물러 있던 부산포에 이르렀던 것이다.

그때 부산포에는 왜군 8,000여 명과 430여 척의 적함이 머물러 있었던 것인데 장군님이 이끄는 우리 수군의 함포사격으로 왜의 전선 128척이 침몰하고 3,800여 명의 왜군이 살상되었던 엄청난 전과를 거두었던 것이고, 이로써 불과 20여일 만에 한양까지 함락시키며 승승장구하던 왜군은 이 부산포 전투에서의 참패로, 군수물자와 식량보급 등이 여의치 않게 됨과 동시에 전쟁을 손수 진두지휘하러 이 땅을 밟으려 했던 '도요토미 히데요시' 그 쥐새끼 같은 놈의 사기를 꺾었음과 동시에 그들의 전략을 매우 위축시켰던 것이고, 반면에 우리 조선은 왜란 초기의 일방적인 패퇴에서 한숨을 돌리게 됨은 물론 우리 군의 사기를 드높이는 계기가 되었으니 충무공, 자랑스런 우리 이순신 장군님의 위대한 승전의 본격적인 시작이었던 것이다

군함도 - 분노한 역사의 소리

1943~1945년 사이에 800여 명의 조선인들을 강제로 끌고 가 강제노역을 시켰던 저주의 섬 군함도, 122여 명의 목숨이 희생되었다고 일본 정부가 공식 발표할 정도로 지독한 노동의 땅으로 알려진 저주의 땅 군함도를, 왜인들의 교묘한 거짓말과 속임수로 유네스코로부터 인류문화유산으로 지정을 받아 냈다는 것이다(2015. 7). 하루에 주먹밥 두 개를 주고는 1,000m의 지하 막장에서 16시간이라는 휴식 없는 혹독한 강제노역을 시키는 등, 말로는 차마 다할 수 없는 온갖 만행을 저질렀다는 사실을 인정하고 그 희생자들을 기리는 정보센터를 설치하겠다는 약속을 전제로 한 것이었으나 문화유산으로 지정이 되자 이와 같은 약속을 헌신짝처럼 팽개쳐 버리고는 우리 인류문명의 산업화에 크게 이바지라도 한 것처럼 성과만을 부풀려 자화자찬, 일방적인 괴변만 늘어놓고 있으니 그대들이 과연 양심이 있는 인간이고 민족인가를 묻고 있는 것이다. 온기 하나도 없는 차가운 마룻바닥에 누워 새우잠을 청하면서도 고향으로 돌아 갈 날만 손꼽아 기다리며 밤잠을 이루지 못하였던 끌려간 이들의 아픔과 슬픔을 숙소의 벽 곳곳에다 증거로 남겼던 것인데 '어머니가 보고 싶다' '배고파 못 살

겠다' '고향에 가고 싶다' '여보 미안하오, 다시는 못 볼 것 같소' 등의 너무나도 한恨맺힌 글귀가 증명하고 있는데도 온 인류를 속이는 행위를 멈추지 않고 있는 일본인들, 그들은 결코 약속을 이행하지 않을 것이며 더 교묘한 수법으로 우리 인류를 계속 속이려고 수단 방법을 가리지 않을 것이기에 여기 우리 온 지구인의 양심이 격분하며 묻는 것이다. "일인들이여 정녕 사람다운 삶의 길을 포기하고 살 것인가를……" 분노한 우리 인류의 역사가 엄중하게 묻고 있는 것이다. "천벌이 두렵지 않느냐."고…….

소감

서대문 형무소, 그곳을 자세히 살펴보던 날이었다
형무소란 곳이 꼭 죄수들만 갇히는 것이
아니라는 사실을 보고 듣고 알게 되었으니
그때 우리 유관순 열사와 수많은 독립투사들과
너무 정말 억울한 누명을 뒤집어쓰고서
꼼짝없이 갇히고 사라져간 수많은 흔적들을
샅샅이 뒤져보고 살펴보던 날이었다
이 땅의 모든 일들을 다 보고 듣고
기억하고 계신다는 우리 저 하늘님
그런 분이 꼭 계셔야겠다는 생각을 굳히게 된 것이고
사랑과 평화 넘치는 불사의 새로운 세상과
불구덩이의 참혹한 땅, 그런 곳도 꼭 있어야겠다는
확고한 신념을 얻게 된 것이고
더 깊이 우리 역사를 살펴보고 성찰하고 뒤져보며
믿고 당당히 살다 가야겠다는 다짐을 하면서
그때 우리 원통하고 억울한 수많은 선령先靈들을 위해
더 많은 기도도 해야겠다는 생각을 하게 된 것이다
눈물겨운 우리 저 서대문 형무소
살아 있는 역사의 현장을 살펴보던 날의 소감인 것이다

간토 대지진

1923년 9월 1일이었다. 도쿄와 요코하마 일대의 간토 지역을 강타한 7.9의 강진으로 10만여의 사람들이 죽자, "조선인들이 폭도를 일으키려 하고 우물에 독을 풀었다" 등의 유언비어를 의도적으로 퍼뜨려 조선인 6,661명, 이보다 훨씬 많은 엄청난 우리 동포들이 일본의 자경自警과 경관, 군인들과 민간인들의 손에 무참히 학살되었다는 사실을 아는 이가 적어 가슴이 아프다는 것이다. 얼마나 잔인하게 죽었고 얼마나, 얼마나 억울하게 죽었는지. 몽둥이에 맞아 죽고, 죽창에 찔려 죽고, 시퍼런 칼날에 무참히 베어졌음이라. 그 원혼들이 이제도 저 구천九天을 떠돌고 있는데도 지금까지 사과 한 마디 없이 축소하고 엄폐하기에 여념이 없으니, 이런 짓들을 하는 것이 일본의 우익 단체인 '소요카제'의 중심인 일본 자민당 현 정치의 주역들이라 그들에게 단호히 묻는 것이다. 인간이기를 포기하며 끝까지 감추고 숨기려고 거짓말만 할 것인지? 우리 온 인류의 양심이 묻고 있는 것이다. 정녕 사람이기를 포기하고 짐승처럼 살다 죽어 불구덩이의 땅으로 던져지고 말 것인지를……

2022. 9. 1

시집을 내면서

김석주

시에 처음 입문을 할 때부터 시인이란 지금의 것에 만족하지 않고 더 아름답고 더 지혜롭고, 더 값어치 있는 삶의 길을 제시하여 모든 이들을 걷게 하는 안내자의 역할을 해야 한다고 생각하였다.

자기 직업과 현재의 삶에 안주하며 살아가고 있는 많은 이들에게 그런 것들을 제시하여 참 환희의 길로 나아가게 하는 임무가 시인에겐 있다고 믿었기 때문이다. 그래서 오늘까지 그런 자세로 작품들을 써왔던 것인데, 그 롤모델이 된 시가 바로 푸쉬킨의 '생활이 그대를 속일지라도'였다. 그것도 그 시의 전문이 아닌 짧은 글귀가 강력하게 내 가슴에 파고들었던 "생활이 그대를 속일지라도 슬퍼하거나 노하지 말라……" 기쁨의 날이 오리니 이 한 구절이 주는 전율은 그 당시의 나에겐 엄청난 감동으로 다가왔던 것으로 내게 다시 용기와 희망을 안겨주었던 것인데, 모르긴 해도 지금 이 순간에도 힘겹게 살아가고 있는 다른 많은 사람들에게도 그런 위대한 작용을 계속하고 있을 것이며 의심의 여지가 없다는 것이다. 푸쉬킨 그가 태어난 지 200년에 가까운 세월이 흘렀지만 이 시 한 편의 위력은 지금도 여전하고, 앞으로도 영원히 그러하리라 믿어 의심치 않는 것이다.

  그때였다. 아직은 철이 없을 때였고 홀어머니를 모시고서 눈감으면 코 베 간다는 황량한 도시에서 그야말로 알거지 신세가 되어 부엌도 없는 단칸셋방의 산동네로 내몰려 희망도 용기도 잃어가던 때였고 그때 우연히 푸쉬킨의 이 시를 만났던 것이고 그 시 한 구절의 힘에 의해 다시 내가 일어설 수 있었기에 푸쉬킨의 시 '삶이 그대를 속일지라도'라는 시는 한 생명을 넉넉히 구했다 해도 과언이 아닌 것이다. 그로부터 나는 그 시 구절을 늘 가슴에 간직하고 살아왔으며 또 나도 그런 시 한 편을 써보고 싶다는 꿈을 갖게 되었는데, 그 지혜와 용기를 실천하게 해준 분이 바로 나의 신앙의 대상이신 절대자이시다. 나는 1967년 8월 중순에 개척성당이었던 초라한 가건물의 '수유리 성당'에서 베드로라는 세례명으로 영세를 받았으며 그 무렵의 각오가 50여 년의 세월이 흐른 오늘에 이르러 쓰여진 시편들, 그 힘겨운 생활 속에서도 결코 흐트러지지않는 내 삶의 이력을 대변해주는 것으로 다음 2편이다.

    지금 이 순간에도 내 이 가슴 아주 깊은 곳에
    새근새근 살아있다는 것이다
    그때 그 절망할 수밖에 없었던

진퇴양난의 아주 절박한 순간이었고
속삭이듯 내 이 가슴에 와 안기던 놀라운 시어
삶이 그대를 속일지라도 슬퍼하거나 노하지 말라
두 눈을 번쩍 뜨이게 했던 말씀의 위력
나로 하여금 다시 살아야겠다는
새로운 용기를 불어넣어 주었는가 하면
나를 다시 벌떡 일어서게 해주었던
아, 그 놀라운 시 한 편을 들려주기 위해
저 머나먼 러시아에서 헐레벌떡 달려와서는
믿으라, 기쁨의 날이 오리니 라는 말로
나를 다시 활기찬 삶의 현장으로 이끌어주었던 푸쉬킨
그의 그 새 생명과 같은 소중한 시 한 구절처럼
누군가의 아픈 가슴을 달래줄 수 있는 사랑의 시
나도 그런 위대한 시 한 편을 쓰고자 하는 열기
그 뜨거운 피 힘차게 돌게 해주심에 늘 감사하며 사느니
하늘에 계신 우리 아버지의 복된 말씀의 위력인 것이다.

– '말씀의 위력' 전문

넘어야 한다
높고도 가파르고 멀고 험한 인생 고개
고개 이 또 한고비 넘고 또 넘다 보면
이 또한 정겨워지느니 높고 험한 인생 고개
고개 이 또 한 고개 넘고 또 넘다 보면

콧노래가 흘러나올 때도 가끔씩은 있음이니
우리 인생의 아주 신비로운 극복의 힘이요
환희의 서곡이니 금의환향
복된 길은 그렇게 다독여지는 것이니
높고 험한 인생 고개
넘고 또 이 한고비 넘고 또 넘다 보면
새로운 삶의 터를 만나게 되느니
최후의 승리자가 되게 함이요
사랑과 평화 넘치는 의로운 생명의 땅
불사不死의 새로운 세상을 만나게 되느니
그런 당당한 사람이 되어 소망 다 이루게 되느니
고개 이 높고도 막막한 인생 고개
이 고개 또 한고비 넘고 또 넘다 보면……

― '극복의 힘' 전문

내가 푸쉬킨의 시 한 구절을 읽고, 절망에서 헤어날 수 있었듯이 나의 이런 시들을 읽고 많은 사람들이 그 근본적인 삶의 문제들을 깨닫는 계기가 되어 새로운 용기와 희망을 찾고 행복한 삶을 누리었으면 좋겠다는 것이다. 특히 힘겨운 일상의 생활에서 벗어나지 못하고 있는 사람들이 새로운 희망과 용기를 찾게 된다면 더 바랄 것이 없다는 것이고, 내가 살아온 날들의 아픈 순간들이 결코 헛되지않게 하는 일이요, 보석으로 다시 태어나게 하는 일이라 여기며 더 심혈을 기울이고 기도하는 심정으로 한 편 한 편의 시를 써왔다는 것,

특히 내 시는 머릿속의 재주로는 쓸 수가 없는 그 숨 막힘 속의 순간들을 몸소 겪으면서 얻은 것들이라 나의 시에는 때 묻지 않은 나만의 순수한 사랑이 깔려있다고 자부하는 것이다. 특히 제5부의 몇몇 작품들은 일본과 관계된 것들인데 일본인들을 미워하고 저주해서가 아니고 사람다운 사람이 되기를 바라는 부모의 심정이었다는 사실과 모든 이들이 서로 사랑하며 오순도순 살아가야 한다는 박애주의의 입장에서 썼다는 사실을 일본인들이 알아주었으면 좋겠다는 것이다. 따라서 옳은 판단을 하고 오래 참고 버티면서 이겨낸 자의 보람과 기쁨을 전하는 도구로서 내 시의 가치가 인정 되어지길 바라는 것이다.

믿고 싶지 않지만 사람은 누구나 죽는다는 것, 이 절대적인 평등 앞에서 예외일 수 있는 사람이 없다는 것. 그러므로 살아있을 때 죽음을 생각하고 그 죽음에 대한 의미를 명확히 깨닫고 그 얻어낸 지혜를 좇아가며 살아가는 인생이야말로 위대한 삶을 살아가는 일이고 눈부심이라 생각하면서, 그런 길을 밝히고 제시하여 모든 사람들이 방황하는 일이 없도록 해야 하며 함께 또 벅찬 희망의 길로 나아가는 신바람 나는 세상을 만드는데 길잡이의 역할을 시인이 해야 한다는 심정으로 쓴 시를 여기에 다시 적어 읊어보면서 단 한 분의 독자라도 이 시를 읽고서 깨달음의 삶, 최후의 승리자가 되는 삶을 살아갈 수 있게 되길 소망하며 오래 또 오래오래 합장하는 것이다.

아쉬워할 일이 아닌 것이다
세월이 꽉꽉 흘러가고
바람처럼 우리 사라져야 한다는 것
결코 서글픈 일이 아닌 것이다

아, 세월 가고
아쉬워하고 분노했던 그 모든 순간들과
시련의 온갖 사연 모두 다 흘러가고
지난날의 그 숨길 수 없는 흔적 따라
스스로 찾아 들어야 하는 양떼와 염소 떼와 같은
또 하나의 세상이 펼쳐져 있다는 것
아, 이 얼마나 복되고 자애로운 일인가
세월이 술렁술렁 흘러가고
우리들이 맞게 될 또 하나의 세상
환희와 불의 나라가 그곳에 있다는 것이

서러워할 일이 아닌 것이다
세월이 콸콸 흘러가고
아주 저 멀리멀리 떠나야 한다는 것
결코 절망 할 일이 아닌 것이다.

– '세월' 전문